W9-AZS-491

NOPQRSTUVWXYZ
New Castle
Public Library
CHILDREN'S ROOM
ABCDEFGHIJKLM

Benjamin and the Word

Benjamín y la palabra

By/Por Daniel A. Olivas

Illustrations by/Ilustraciones de Don Dyen

Spanish Translation by / Traducción al español de Gabriela Baeza Ventura

Piñata Books
Arte Público Press
Houston, Texas

Publication of *Benjamin and the Word* is made possible through support from the Clayton Fund and the City of Houston through The Cultural Arts Council of Houston, Harris County. We are grateful for their support.

Esta edición de *Benjamín y la palabra* ha sido subvencionada por el Fondo Clayton y la ciudad de Houston por medio del Concilio de Artes Culturales de Houston, Condado de Harris. Les agradecemos su apoyo.

Piñata Books are full of surprises!
¡Los libros piñata están llenos de sorpresas!

Piñata Books
An Imprint of Arte Público Press
University of Houston
452 Cullen Performance Hall
Houston, Texas 77204-2004

Olivas, Daniel A.
Benjamin and the World / by Daniel A. Olivas ; illustrated by Don Dyen = Benjamín y la palabra / por Daniel A. Olivas ; ilustraciones de Don Dyen ; traducción al español de Gabriela Baeza Ventura.
p. cm.
Summary: When Benjamin beats his friend James at handball, James calls him a name that hurts his feelings, but Benjamin's father helps him sort out his feelings and figure out why James might have used the word.
ISBN 1-55885-413-4 (alk. paper)
[1. Sportsmanship—Fiction. 2. Prejudices—Fiction. 3. Racially mixed people—Fiction. 4. Spanish language materials—Bilingual.] I. Title: Benjamín y la palabra. II. Dyen, Don, ill. III. Baeza Ventura, Gabriela IV. Title.
PZ73.O438 2005
[E]—dc22 2004044634
CIP

∞ The paper used in this publication meets the requirements of the American National Standard for Permanence of Paper for Printed Library Materials Z39.48-1984.

Printed in Hong Kong

5 6 7 8 9 0 1 2 3 4 0 9 8 7 6 5 4 3 2 1

To our son, Benjamin, who is proud of who he is.
—DAO

To my children, David and Erica, who always help me to see from a child's viewpoint.
—DD

Para nuestro hijo Benjamín quien se enorgullece de ser quien es.
—DAO

Para mis hijos, David y Erica, quienes siempre me ayudan a ver las cosas desde la perspectiva de un niño.
—DD

As he waited for his father on Friday, Benjamin stood in the schoolyard and watched a large, gray cloud slide slowly across the sky toward the afternoon sun. A few children noisily played as they also waited for their parents. But Benjamin did not seem to notice them. He furrowed his brow and locked his green eyes on the cloud. It reminded him of an ancient ship sailing effortlessly over a bright blue ocean. The cloud eventually covered the sun, throwing a blanket of shadow on the schoolyard.

Only one thing ran through Benjamin's mind. A word. *The* word. An ugly word.

El viernes, mientras Benjamín esperaba a su papá en el patio de la escuela, vio una gran nube gris deslizarse suavemente por el cielo hacia el sol del atardecer. Algunos niños, que también esperaban a sus papás, jugaban haciendo mucho ruido. Pero Benjamín parecía no verlos. Frunció el ceño y fijó sus ojos verdes en la nube que le recordaba un barco antiguo navegando sin dificultad sobre el brillante océano azul. La nube eventualmente cubrió el sol y cobijó el patio de la escuela con una sombra.

Benjamín sólo pensaba en una cosa. Una palabra. *La* palabra. Una palabra fea.

It was the word James had spat at him during recess. They had been playing handball and Benjamin made a fantastic save and won the game. As Benjamin smiled at his great victory, James just stood there glaring at him. Then he said it. The word. The smile fell from Benjamin's face. He had heard the word before and knew it was meant to hurt. That is how he felt just then: hurt. Before Benjamin could respond, James had turned and walked away leaving him alone with that word.

Era la palabra que James le había gritado durante el recreo. Habían estado jugando al balonmano, y Benjamín logró salvar la pelota de forma fantástica y ganó el partido. Cuando Benjamín sonrió por su gran victoria, James se le quedó mirando fijamente. Luego la dijo. La palabra. La sonrisa desapareció de la cara de Benjamín. Había escuchado la palabra antes y sabía que se decía para lastimar a algiuen. Y es así cómo se sintió en ese momento: lastimado. Antes de que Benjamín pudiera responder, James se dio vuelta y se fue, dejándolo solo con esa palabra.

Benjamin's father walked up to his son.

"How are you doing, *m'ijo*?"

Benjamin came out of his trance and looked up at his father.

"Okay, I guess," said Benjamin.

"Don't I get a hug?" said his father with a smile.

Benjamin smiled and threw his arms around his father. "Sorry, Papá."

Benjamin's father hugged back and kissed him on the head. "What's wrong, kiddo?"

"Nothing," said Benjamin as he let go of his father and picked up his backpack. "Where did you park the car?"

Benjamin's father pointed over to the row of oak trees, "Over there."

El papá de Benjamín se acercó a su hijo.

—¿Cómo estás, m'ijo?

Benjamín salió de su trance y levantó la vista hacia su padre.

—Creo que bien —le dijo Benjamín.

—¿No me das un abrazo? —le dijo su papá con una sonrisa.

Benjamín sonrió y abrazó a su padre. —Disculpa, Papá.

El padre de Benjamín lo abrazó y lo besó en la cabeza. —¿Qué pasa, m'ijo?

—Nada —dijo Benjamín cuando soltó a su papá y recogió su mochila. —¿Dónde estacionaste el auto?

El padre de Benjamín apuntó hacia una fila de robles, —Allá.

As they walked to the car, Benjamin remained quiet.

"How was your math test?" his father asked.

"I did pretty well."

They reached the car and got in.

As they drove home, Benjamin's silence filled the car. Finally, his father asked, "Did something happen to you today?"

Benjamin sighed. "Yes," he almost whispered.

"Is it something you want to talk about?"

"I guess."

"We can talk when you're ready," said Benjamin's father.

"Okay, Papá," said Benjamin.

Mientras caminaban al auto, Benjamín permaneció en silencio.

—¿Cómo te fue en la prueba de matemáticas? —le preguntó su padre.

—Me fue bastante bien.

Llegaron al auto y se subieron.

Rumbo a casa, el silencio de Benjamín invadió el auto. Finalmente, su papá le preguntó —¿Te pasó algo hoy?

Benjamín suspiró. —Sí —casi lo susurró.

—¿Quieres hablar de lo que pasó?

—Creo que sí.

—Podemos hablar cuando estés listo —dijo el papá de Benjamín.

—Está bien, Papá —le dijo Benjamín.

The next day Benjamin and his father went to the park to play handball. After fifteen minutes or so, Benjamin's father said, "Great hit! You win!"

Benjamin chased after the blue ball. When he reached it, he said, "Well, you play handball pretty well . . . for a dad!"

Benjamin's father laughed again. "Oh, thanks a lot!"

Shadow Ranch Park was filled with adults and children running and playing. One family cheered as a boy was hitting a dinosaur-shaped piñata. He hit it so hard that bright pieces of colorful candy flew in every direction.

Al día siguiente Benjamín y su papá fueron al parque a jugar al balonmano. Después de quince minutos, el papá de Benjamín le dijo —¡Buen tiro, ganaste!

Benjamín corrió detrás de la pelota azul. Cuando la alcanzó, dijo —¡Pues, para ser un papá . . . juegas muy bien al balonmano!

El papá de Benjamín se rio otra vez. —¡Ay, muchas gracias!

El parque Shadow Ranch estaba lleno de adultos y niños que corrían y jugaban. Una familia vitoreaba a un niño que le pegaba a una piñata en forma de dinosaurio. Le pegó tan fuerte que volaron dulces de colores brillantes por todos lados.

Benjamin walked slowly toward his father.

"When I beat James in handball yesterday, he didn't laugh like you."

His father reached out and tousled Benjamin's hair. "No?" he smiled. "What did he say?"

Before Benjamin could answer, they heard another loud cheer from the family and they looked over to see what happened. The dinosaur's papier-mâché belly now hung torn and open while a group of excited children filled small, red bags with the candy that peppered the ground.

Without looking back at his father, Benjamin said the word that James had called him. He said it softly and without emotion. They stood in silence for a while.

Benjamín caminó despacio hacia su papá.

—Ayer, cuando le gané a James en el partido de balonmano, él no se rio como tú.

Papá estiró la mano y le despeinó el cabello a Benjamín. —¿No? —le sonrió—. ¿Qué dijo?

Antes de que Benjamín le respondiera, se escuchó otro vitoreo de la familia y ambos voltearon para ver lo que había pasado. La panza del dinosaurio de papel maché colgaba destrozada y abierta mientras que un grupo de niños felices llenaba bolsitas rojas con los dulces que habían caído al suelo.

Sin mirarle la cara a su padre, Benjamín pronunció la palabra con la que James lo había llamado. La dijo suavemente y sin emoción. Se quedaron callados por un rato.

"Have you heard that word before?" Benjamin finally asked his father.

"Yes, I have."

Benjamin looked up into his father's face. "It's not a nice word, is it?"

"No, it's not," said his father. "In fact, it's a very mean word." He saw in Benjamin's eyes that his son needed to hear more. "Let's go home and talk a little, okay?"

"Okay," said Benjamin.

"Maybe we can play a game of checkers."

Benjamin smiled. "That sounds like a plan!"

—¿Has escuchado esa palabra antes? —Benjamín le preguntó a su papá.

—Sí, la he oído.

Benjamín levantó la vista hacia su papá. —No es una palabra agradable, ¿verdad?

—No, no lo es —dijo su papá—. De hecho, es una palabra muy grosera. —Vio en los ojos de Benjamín que su hijo necesitaba escuchar más—. Vayamos a casa y hablemos un poco más, ¿te parece?

—Está bien —dijo Benjamín.

—Tal vez podamos jugar un partido de damas.

Benjamín se sonrió. —¡Me parece una buena idea!

When they got home, Benjamin's father stopped in front of a large, glistening mirror that hung in the hallway.

"Look at yourself in the mirror," said Benjamin's father. "What do you see?"

Benjamin squinted and tightened his lips. "Me, of course."

Benjamin's father stared into the mirror, too. "Look closer."

Benjamin leaned into the mirror so that his nose was no more than six inches away from it. "I see a boy," he announced.

Cuando llegaron a casa, el papá de Benjamín se detuvo ante el espejo brillante que colgaba en el pasillo.

—Mírate al espejo —le dijo a Benjamín—. ¿Qué ves?

Benjamín entrecerró los ojos y apretó los labios. —Me veo yo, claro.

El papá de Benjamín se miró en el espejo también. —Mira con más cuidado.

Benjamín se inclinó sobre el espejo hasta que su nariz quedó a menos de seis pulgadas de él. —Veo a un niño —anunció.

"Yes," said his father. "And who does that boy look like?"

"That's easy," Benjamin smiled. "He looks like you and Mamá."

"Ah!" said his father. "What part looks like Mamá?"

"Well," began Benjamin, "I have green eyes like Mamá. My hair is light brown like hers, too."

"Yes. Where did Mamá's grandparents come from?"

"That's easy," said Benjamin. "They came from Russia."

"Yes, they came here almost ninety years ago," said his father. "Do you know why they left Russia and came to the United States?"

Benjamin's face became very serious. "They came here to escape discrimination against Jews."

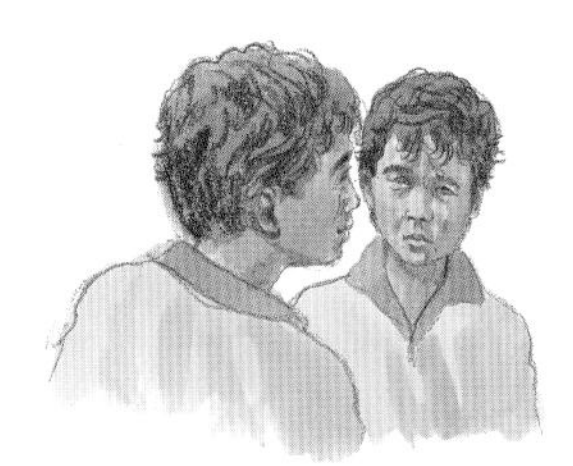

—Sí —dijo su papá— y, ¿a quién se parece ese niño?

—Eso es fácil —Benjamín sonrió—. Se parece a ti y a Mamá.

—¡Bien! —dijo su papá—. ¿Cuál parte se parece a Mamá?

—Pues —empezó Benjamín—, tengo los ojos verdes como ella. Mi cabello también es café claro como el de ella.

—Sí. ¿De dónde vinieron los abuelos de Mamá?

—Eso es fácil —dijo Benjamín—. Vinieron de Rusia.

—Sí, llegaron hace casi noventa años —dijo su papá—. ¿Sabes por qué dejaron Rusia para venirse a los Estados Unidos?

La cara de Benjamín se puso muy seria. —Vinieron para escapar de la discriminación en contra de los judíos.

"What else do you see?" asked his father.

"Well, my skin is darker than Mamá's. It's more like yours. And I have long, dark eyelashes just like you."

Benjamin's father smiled. "Yes. Where did my grandparents come from?"

"That's easy, too," said Benjamin. "They came from Mexico a long time ago to make a better life for themselves."

"Yes," said Benjamin's father. "There are things about you that can't be seen in the mirror such as your wonderful sense of humor and your love of reading."

Benjamin turned to his father. "What does this have to do with that word James called me?"

"Everything," said his father. "Everything."

—¿Qué más ves? —le preguntó su papá.

—Pues, mi piel es más oscura que la de Mamá. Es más como la tuya. Tengo las pestañas largas y oscuras como tú.

El papá de Benjamín sonrió. —Sí. ¿De dónde vinieron mis abuelos?

—Eso también es fácil —dijo Benjamín—. Vinieron de México hace mucho tiempo en busca de una vida mejor.

—Sí —dijo el papá de Benjamín—. Hay cosas de ti que no se pueden ver en el espejo, como tu maravilloso sentido de humor y tu amor por la lectura.

Benjamín se volvió hacia su padre. —¿Esto qué tiene que ver con la palabra con la que James me llamó?

—Todo —le dijo su papá—. Todo.

Benjamin thought about this for a moment. Then he smiled.

"Let's play checkers!" said Benjamin.

"Okay," said his father with a laugh. "Why not."

They set a large black and red checkerboard on the kitchen table. The first few moves came fast and furious, but then it slowed down a bit. Eventually, they both sat with their hands on their chins staring intently at the checker pieces. Finally, Benjamin slid a black piece making a soft scraping sound.

"Do you know why James called you that word?" asked Benjamin's father as he pondered his son's move.

"He was mad, I guess," answered Benjamin.

His father moved a red piece. "Yes, he was angry. But why do you think he tried to hurt your feelings?"

Benjamin thought for a moment. "Maybe he thought it would make him feel better, like he was the winner."

Benjamín pensó en eso por un momento. Luego sonrió.

—¡Juguemos a las damas! —dijo Benjamín.

—Está bien —dijo su papá riéndose—. ¿Por qué no?

Colocaron un tablero grande de cuadros rojos y negros en la mesa de la cocina. Los primeros movimientos se dieron con rapidez y furia, pero poco a poco se calmaron. Después ambos se sentaron con las manos en la barbilla observando las piezas intensamente. Finalmente, Benjamín movió una pieza negra raspando el tablero.

—¿Sabes por qué James te dijo esa palabra? —preguntó el papá de Benjamín mientras sopesaba la jugada de su hijo.

—Supongo que estaba enojado —contestó Benjamín.

Su papá movió una pieza roja. —Sí, estaba enojado. Pero, ¿por qué crees que trató de lastimarte?

Benjamín pensó por un momento. —A lo mejor pensó que se sentiría mejor, como si él fuera el ganador.

Benjamin's father sat up straight in his chair. "You see, people have made up all sorts of mean words to hurt those who are different from them."

"Different?" asked Benjamin as he moved another black piece.

"Yes, such as people from different cultures or different religions," answered Benjamin's father. "These mean words are meant to make people feel unhappy about who they are."

"But James is my friend," protested Benjamin.

"Yes, James is your friend," said Benjamin's father. "But friends are people, and people make mistakes. Do you still want to be his friend?"

Benjamin didn't hesitate with his answer: "Yes."

"Well, do you want to talk to James on Monday about what happened?"

After a long pause, Benjamin said, "Yes, Papá. I do."

El papá de Benjamín se acomodó en la silla. —Verás, algunas personas han inventado todo tipo de palabras groseras para lastimar a los que son diferentes a ellos.

—¿Diferentes? —preguntó Benjamín mientras movía otra pieza negra.

—Sí, personas de otras culturas o religiones —contestó el papá de Benjamín—. Las palabras groseras sirven para hacer que las personas se sientan mal por ser quienes son.

—Pero James es mi amigo —contestó Benjamín.

—Sí, James es amigo tuyo —dijo el papá de Benjamín—. Pero los amigos son personas, y las personas cometen errores. ¿Todavía quieres ser su amigo?

Benjamín no dudó en dar su respuesta, —Sí.

—Entonces, ¿el lunes quieres hablar con James de lo que pasó?

Después de una larga pausa, Benjamín dijo, —Sí, Papá, sí quiero.

Benjamin got to school a little early on Monday. The sun shone brightly on the schoolyard. Benjamin walked slowly over to James.

"Hi," said Benjamin.

James turned around and blushed a deep red.

"Hi," said James.

They stood facing each other in silence for a long time.

Finally, James said softly, "Sorry about last Friday. You know, about the word I called you."

"It hurt my feelings," said Benjamin.

"I know," whispered James. "I was mad at myself. I should have won that game."

"That word is mean and it isn't who I am."

"I know," said James. "You're my friend."

Benjamín llegó a la escuela un poco más temprano el lunes. El sol brillaba sobre el patio de la escuela. Benjamín se acercó lentamente a James.

—Hola —dijo Benjamín.

James se dio vuelta y se ruborizó.

—Hola —dijo James.

Se quedaron frente a frente en silencio por mucho tiempo.

Finalmente, James dijo en voz baja, —Siento lo del viernes. La palabra que te dije, ¿sabes?

—Me lastimó —dijo Benjamín.

—Lo sé —susurró James—. Estaba enojado conmigo mismo. Debí haber ganado ese partido.

—Esa palabra es grosera y no es lo que soy.

—Ya lo sé —dijo James—. Eres mi amigo.

Suddenly the school bell rang but the boys did not move.
"You're my friend, too," said Benjamin. "Can you make me a promise?"
James bounced a ball up and down. "What kind of promise?"
"Don't use words like that, okay?"
Most of the children were off the schoolyard and one of the teachers waved to James and Benjamin to get to class.
The boys started to walk toward the school building.
"Well," said James, "I promise."
Benjamin smiled and a mischievous twinkle appeared in his eyes. Before James knew it, Benjamin snatched the ball away and ran to the classroom. James started to chase him.
"Just wait until recess," laughed James.
"Oh, I'll be ready," laughed Benjamin. "I'll be ready!"

De repente sonó la campana de la escuela pero los niños no se movieron.
—Tú también eres mi amigo —dijo Benjamín—. ¿Me prometes algo?
James rebotó la pelota para arriba y para abajo. —¿Qué tipo de promesa?
—No uses palabras como ésa, ¿sí?
La mayoría de los niños se había ido del patio de la escuela, y una de las maestras les dijo a James y a Benjamín que entraran a clase.
Los niños empezaron a caminar hacia el edificio de la escuela.
—Bueno —dijo James— lo prometo.
Benjamín sonrió y una chispa traviesa apareció en sus ojos. Antes de que James se diera cuenta, Benjamín le quitó la pelota y corrió al salón de clase. James lo persiguió.
—Ya verás en el recreo —rio James.
—Estaré listo —rio Benjamín—. ¡Lo estaré!

Daniel A. Olivas is a frequent contributor of children's stories to the *Los Angeles Times'* Kids' Reading Room. His children's poetry also appears in *Love to Mamá: A Tribute to Mothers*, edited by Pat Mora (Lee & Low Books, 2001). Olivas' books for adults include *Assumption and Other Stories* (Bilingual Press, 2003) and *The Courtship of María Rivera Peña* (Silver Lake Publishing, 2000). He practices law in Los Angeles with the California Department of Justice. Olivas makes his home in the San Fernando Valley with his wife and son.

Daniel A. Olivas frecuentemente colabora con cuentos infantiles para el Kids' Reading Room de *Los Angeles Times.* Su poesía para niños también figura en *Love to Mamá: A Tribute to Mothers* seleccionado por Pat Mora (Lee & Low Books, 2001). Olivas también ha publicado libros para adultos, entre ellos *Assumption and Other Stories* (Bilingual Press, 2003) y *The Courtship of María Rivera Peña* (Silver Lake Publishing, 2000). Olivas es abogado del Departamento de Justicia de California en Los Ángeles. Vive en el Valle de San Fernando con su esposa y su hijo.

Don Dyen is a nationally recognized artist who is highly respected for his ability to capture the essence of contemporary culture. Dyen has been honored for his illustrations of sports and political subjects, and more recently, children's books. He illustrated *This Is the Sea that Feeds Us* (Dawn Publications, 1999). He lives in Bucks County, Pennsylvania, with his wife and two children.

Don Dyen es un artista de renombre nacional que es muy respetado por su habilidad en captar la esencia de la cultura contemporánea. Dyen ha recibido muchos reconocimientos por sus ilustraciones de deportistas y políticos, y más recientemente, por sus libros infantiles. Ilustró *This Is the Sea that Feeds Us* (Dawn Publications, 1999). Vive en Bucks County, Pennsylvania con su esposa y sus dos hijos.